好多办法的黑喵

③ 拯救跆拳道馆

[韩]洪旼静 著　[韩]金哉希 绘　季成 译

中信出版集团 | 北京

图书在版编目（ＣＩＰ）数据

好多办法呀黑喵：拯救跆拳道馆/(韩)洪旼静著；(韩)金哉希绘；季成译. -- 北京：中信出版社，2022.7
ISBN 978-7-5217-4199-5

Ⅰ.①好… Ⅱ.①洪…②金…③季… Ⅲ.①儿童故事－图画故事－韩国－现代 Ⅳ.① I312.685

中国版本图书馆 CIP 数据核字（2022）第 055734 号

고양이 해결사 깜냥 3
Text Copyright ©2021 by 洪旼静
Illustrations Copyright ©2021 by 金哉希
All rights reserved.
Simplified Chinese copyright © by CITIC Press Corporation
Simplified Chinese language edition is published by arrangement with Changbi Publishers, Inc. through 连亚国际文化传播公司

本书仅限中国大陆地区发行销售

好多办法呀黑喵——拯救跆拳道馆

著　　者：[韩]洪旼静
绘　　者：[韩]金哉希
译　　者：季成
出版发行：中信出版集团股份有限公司
　　　　　（北京市朝阳区惠新东街甲4号富盛大厦2座　邮编 100029）
承 印 者：北京顶佳世纪印刷有限公司

开　　本：889mm×1194mm　1/32
印　　张：2.75
字　　数：62千字
版　　次：2022年7月第1版
印　　次：2022年7月第1次印刷
京权图字：01-2022-2421
书　　号：ISBN 978-7-5217-4199-5
定　　价：23.00元

版权所有·侵权必究
如有印刷、装订问题，本公司负责调换。
服务热线：400-600-8099
投稿邮箱：author@citicpub.com

目 录

参观一下吧!	🐾	2
跆拳道很好	🐾	17
演变成打架的比武	🐾	33
黄金饺子大闹剧	🐾	51
我是猫咪教练黑喵	🐾	71
黑喵的话	🐾	82

亚军

项目：跆拳道
成绩：第二名
姓名：尹宝英

上述人员在第33届全国跆拳道锦标赛中通过如上成绩获奖，授予该奖杯。

亚军
尹宝英

尹宝英

参观一下吧!

放学了,孩子们纷纷涌出校门,像小鸟一样叽叽喳喳地走下山坡。在学校墙脚下睡午觉的黑喵悄悄地睁开了眼睛,装作若无其事的样子,虽然周围有点吵,但还是不想起来。好久没在阳光充足的地方安顿下来了,黑喵想再睡一会儿,就蜷成了一团。这时,不知从哪里飞来一张广告页,轻轻地落在了黑喵面前。

强身健体，强健跆拳道。
* 将广告页拿来可以兑换礼物哟！

"送礼物？"

黑喵慵懒地伸伸懒腰，将全身上下收拾了一番。然后拉着拉杆箱，走向跆拳道馆。一路上，黑喵捡了一张又一张丢在马路上的广告页。

"一个礼物，两个礼物，三个礼物……"

黑喵以为每张广告页都能兑换一份礼物。

一路跋涉的黑喵在饺子店前停下了脚步。与其说是巨大的蒸笼里冒出的那股白热气让他觉得很神奇，倒不如说是饺子太香了，让他不由自主地停住了脚步。看到黑喵在店门口咕噜咕噜地咽口水，店主老伯嗤之以鼻地说了一句：

"最近怎么无论在哪里，都能见到黑喵。别弄得毛到处飞，到那边去！"

黑喵不以为然地拿出了广告页。

"您知道这是哪里吗？"

爷爷把新做的饺子放在蒸笼里，生硬地回答道：

"在这栋楼的三层。"

黑喵再次呼哧呼哧地闻着饺子的味道上了三楼。

102
103
英语补习班
数学专业补习班
初 中 高
强健跆拳道
强健
强健
理发店
小儿青少年科
染 发 烫 发
胖嘟嘟饺子
胖嘟嘟饺子
胖嘟嘟饺子

一进入跆拳道馆就听到练习室旁边的小办公室里传来说话的声音。穿着跆拳道服的教练正在打电话。

"是我,爸爸。下个月开始要上英语补习班吗?我知道了。"

教练挂断电话,低头用手扶着头。这时黑喵才咚咚地敲门。

"欢迎光……"

"可以参观一下吗？"

来到跆拳道馆的客人竟然是一只猫咪。惊慌失措的教练瞪大了眼睛看着猫咪。黑喵把拉杆箱放在门边，然后爬上沙发。就像来咨询一样，黑喵一副怡然自得、理所当然的样子。

"这里是孩子们学习跆拳道的地方，猫咪不能随便进来，知道吗？"

教练以为这样说猫咪会乖乖地出去。但黑喵却丝毫不为所动，还理直气壮地说：

"听说拿这个来会送礼物。"

黑喵自信满满地拿出一大堆广告页。教练却呼了一口气。刚才在学校前将广告页分发给了孩子们，但他们却将广告页丢在马路上走了。

<上学、放学校车运

上学：15人

放学：6人

虽然这种事已经经历了不止一两次了，但还是很伤心。

"广告页不是随便给的，而是想让大家来我们跆拳道馆才给的。背面写着呢，大家可能没看到吧。"

黑喵很失望，但并没有表现出来，若无其事地问道："嗯，那我可以看看是什么礼物吗？"

教练拿出了一套全新的跆拳道服。看到胸前印有太极标志的道服，黑喵一下子睁大了眼睛。

"可以试穿一下吗？很好奇是否适合我。"

"很可惜没有适合你的尺码。等一下，要不要看看这条腰带？"

教练把白色腰带围在黑喵肚子上。黑喵在镜子里看到了自己的样子。有腰带的跆拳

很合心意

道服让人更心动了。

"那个可以拿走。谢谢你将广告页捡来给我。"

但是黑喵拿到腰带后却不想走了。教练担心黑喵就这样待着不走,同一栋楼里的人本来就一直抱怨跆拳道馆的声音太吵,如果再知道场馆还有只猫咪，不知道会说些什么。

教练觉得不能让猫咪待在这里，就看着手表假装很忙的样子。

"天哪，都这么晚了。我现在得出去接孩子们了。"

她以为这样做，小猫咪就会乖乖地离开。但是你知道黑喵说了什么吗？

"我也可以跟着去吗？我很好奇这个社区长什么样子。"

教练摇摇头走出办公室。因为跟猫咪聊天，时间过得很快，得赶快去接孩子们了。教练一坐上驾驶座，黑喵就迅速地坐上了副驾驶座。

"我的名字叫黑喵。"

"我没有问你的名字啊。"

教练故意冷漠地说道。但是黑喵并没有

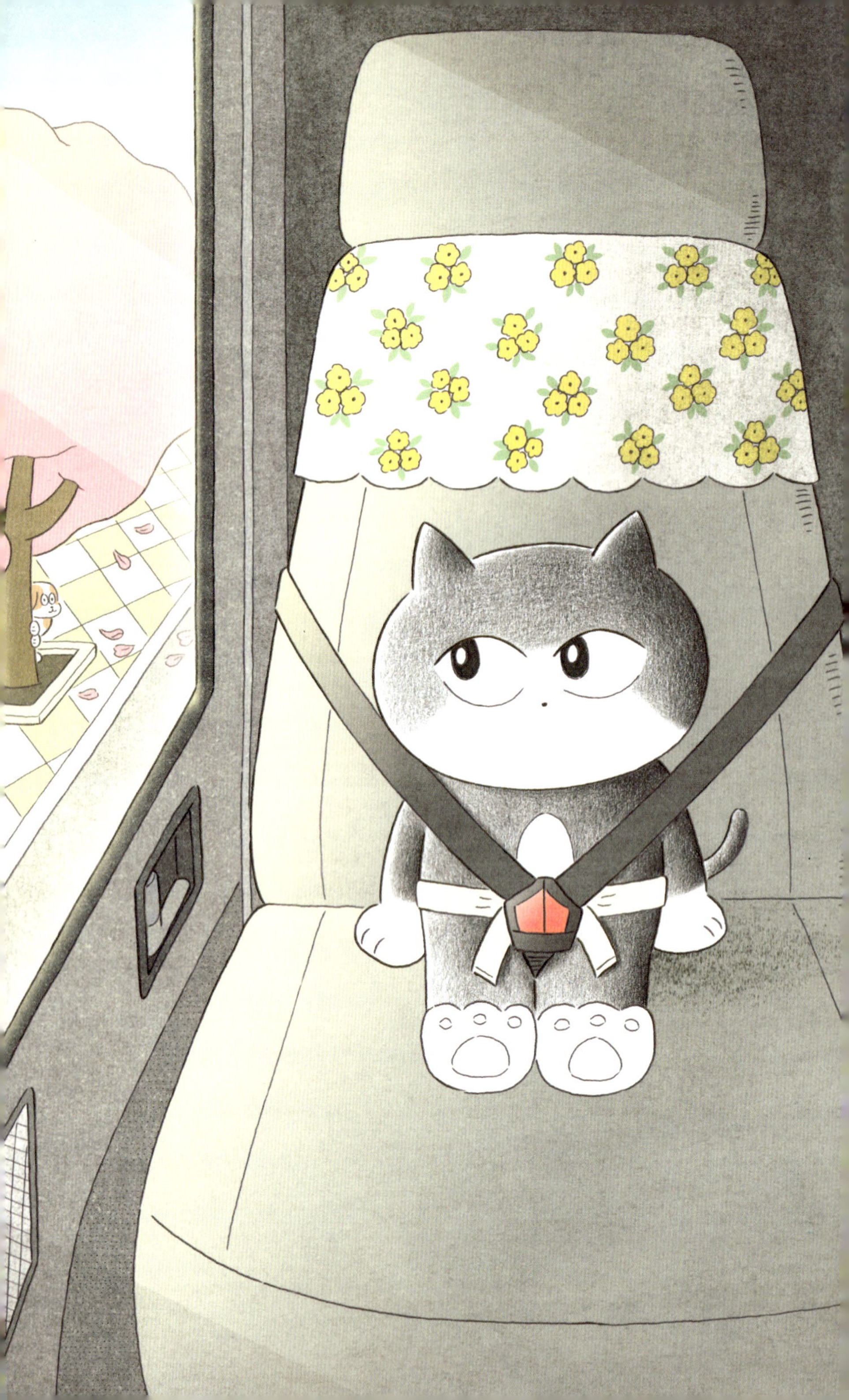

在意，反而悠闲地望着窗外。在车里看到的社区的模样和在外面看时有很大的不同。公园的树和路过的人看起来都变小了。

散步的小狗就跟老鼠一样大。黑喵想，如果每天都可以坐车就好了。

车停下来等待信号灯的时候黑喵说道：

"如果需要助手的话请告诉我。本来我是不干活的，但是不能白拿这么帅气的腰带吧！"

教练有点儿吃惊，她心想，也不是道服，只是一根腰带，就说要帮忙干活，这黑喵还真是不错呢。

"这个嘛，虽然很感谢，但是你能做什么呢？我们这儿除了教跆拳道，还要开车接学员，从和监护人商谈到宣传我们跆拳道班，要做的事情很多呢。"

教练话音刚落，就叹了一口气："本来

还有一个教练，但是不久前辞职了。虽然正在找新的教练，但很难遇到合适的人。一个人要做很多事儿，可不是一般的累。但是看到愉快地结束运动后回家的孩子们，我便又有干劲儿了。"其实教练像喜欢跆拳道一样喜欢孩子们。

教练的车一到公寓门口，穿着跆拳道服的孩子便高兴地招手。教练停车解开安全带后，黑喵就像等待已久一样下了车。

"教练，您……好？是猫咪呢！"

孩子本来想打招呼，一见黑喵就愣住了，只是直勾勾地盯着黑喵看。

"你好，我叫黑喵。快上车吧。"

黑喵照顾着孩子上车，关门，一系列动作一气呵成。然后他用一种这些都不值一提的表情看着教练。他这段时间到处走动，

经常看到大人接孩子上车或下车的样子。

每到一处,当车停下来的时候,黑喵就会自己下车,安全地把孩子们接上车。托黑喵的福,教练只需要集中精力开车就行了。教练看着镜子里开朗的黑喵,脸上露出了淡淡的笑容。

"这小子,真不错啊!"

载着所有孩子的车安全到达了跆拳道馆。这次，黑喵又迅速下车，把孩子们一个个地送到训练场。最后一个下来的孩子问黑喵："你也在我们跆拳道馆上课吗？"

　　你知道黑喵说了什么吗？

　　"嗯，没错，流浪猫哪儿都可以去。"

跆拳道很好

两个男孩子一下车就一口气儿跑到了三楼。因为约好上课之前斗鸡的,所以他们急急忙忙地将鞋子扔在一边就进了训练场。但却被教练发现了。

"民载和贤宇,把这里的鞋子都整理好再进去。"

"好的……"

结果两个人为了整理鞋柜,把斗鸡的事推迟到了下次。

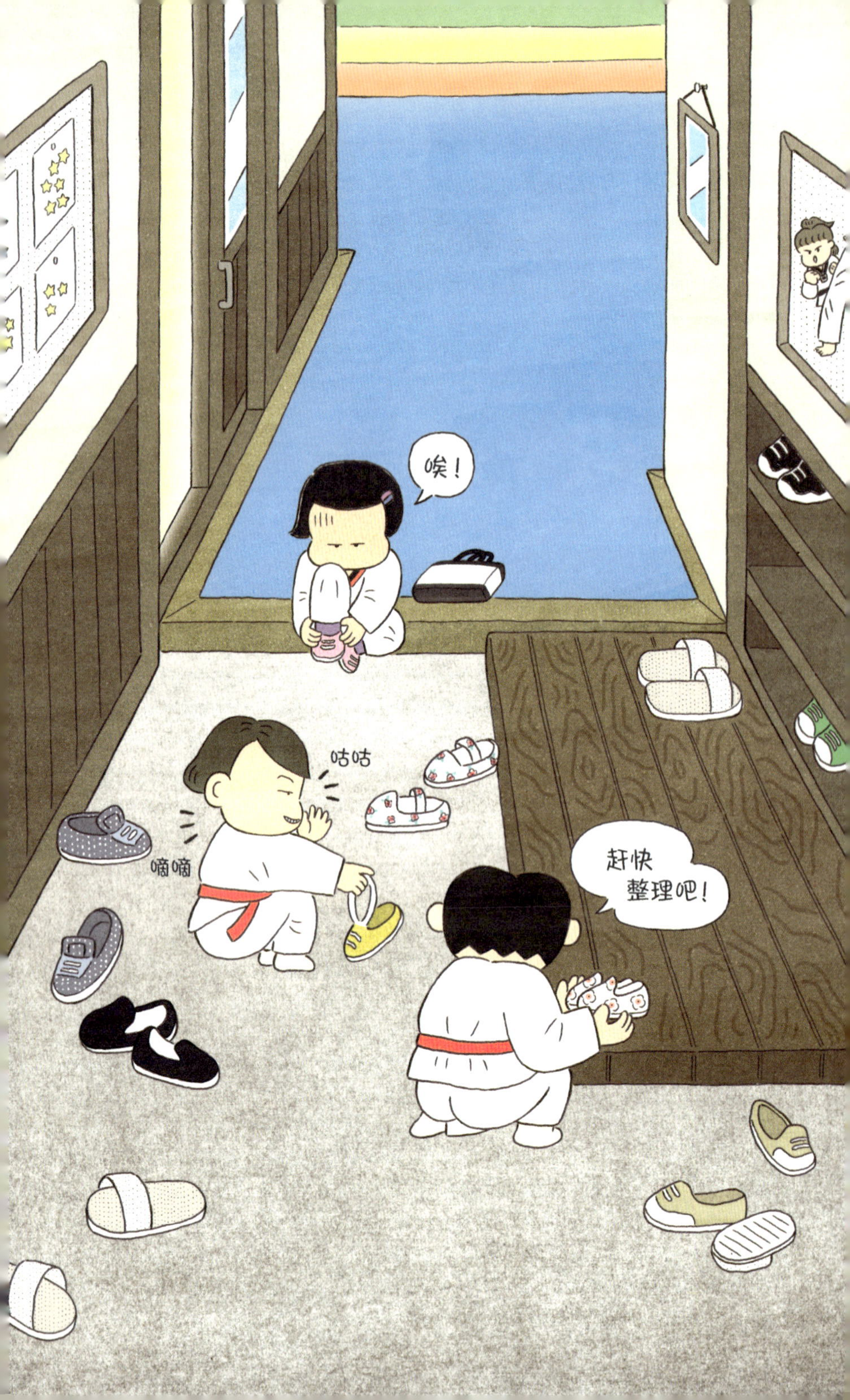
唉！
咕咕
嘀嘀
赶快
整理吧！

快上课的时候，从4楼数学补习班下来的娜恩一脸不高兴地找到了教练。

"娜恩，你怎么这副表情？"

娜恩有气无力地回答道："今天是我最后一次上跆拳道课了。"

"是啊，教练也知道。因为是最后一节课，所以要更开心更愉快地上课呀。知道了吗？"

娜恩用蚊子般的声音回答："知道了。"然后就离开了办公室。看到娜恩那个样子，教练叹了一口气。

"为什么是最后一次？她不想学跆拳道了吗？"

黑喵好奇地问道。

"不，正好相反。娜恩一直想学跆拳道，但是她父母说她应该集中精力学习，想让她放弃跆拳道！要升学的孩子经常会面临这

种情况。呼,现在该上课了。"

教练整理好衣着,嘿嘿地运了两口气,她已经把要送黑喵走的事情忘得一干二净。黑喵透过办公室的玻璃窗看着孩子们在训练场上上课的样子。

"从转手腕开始热身!一、二、三、四!"

教练和孩子们的口号声响彻训练场,但是有一个孩子突然举起手说道:

"黑喵不和我们一起做吗？"

是最后下车的那个孩子，其他几个孩子也跟着一起喊：

"一起做吧！"

"一起做的话应该会更有意思。"

听到召唤，黑喵当然不会无动于衷。他急忙从办公室里出来，在孩子们中间找了个空位站稳了。

其实，黑喵想学跆拳道想得都浑身发痒了。

"不是说今天要加入新的招数吗？"

"是的！"

孩子们聚精会神地上着课：都竖起耳朵，目不转睛地盯着教练。看着教练和孩子们做的动作，黑喵也跟着做了起来。黑喵会跆拳道吗？当然不会，就连跆拳道馆，他都是第一次来。因为是第一次做，所以动

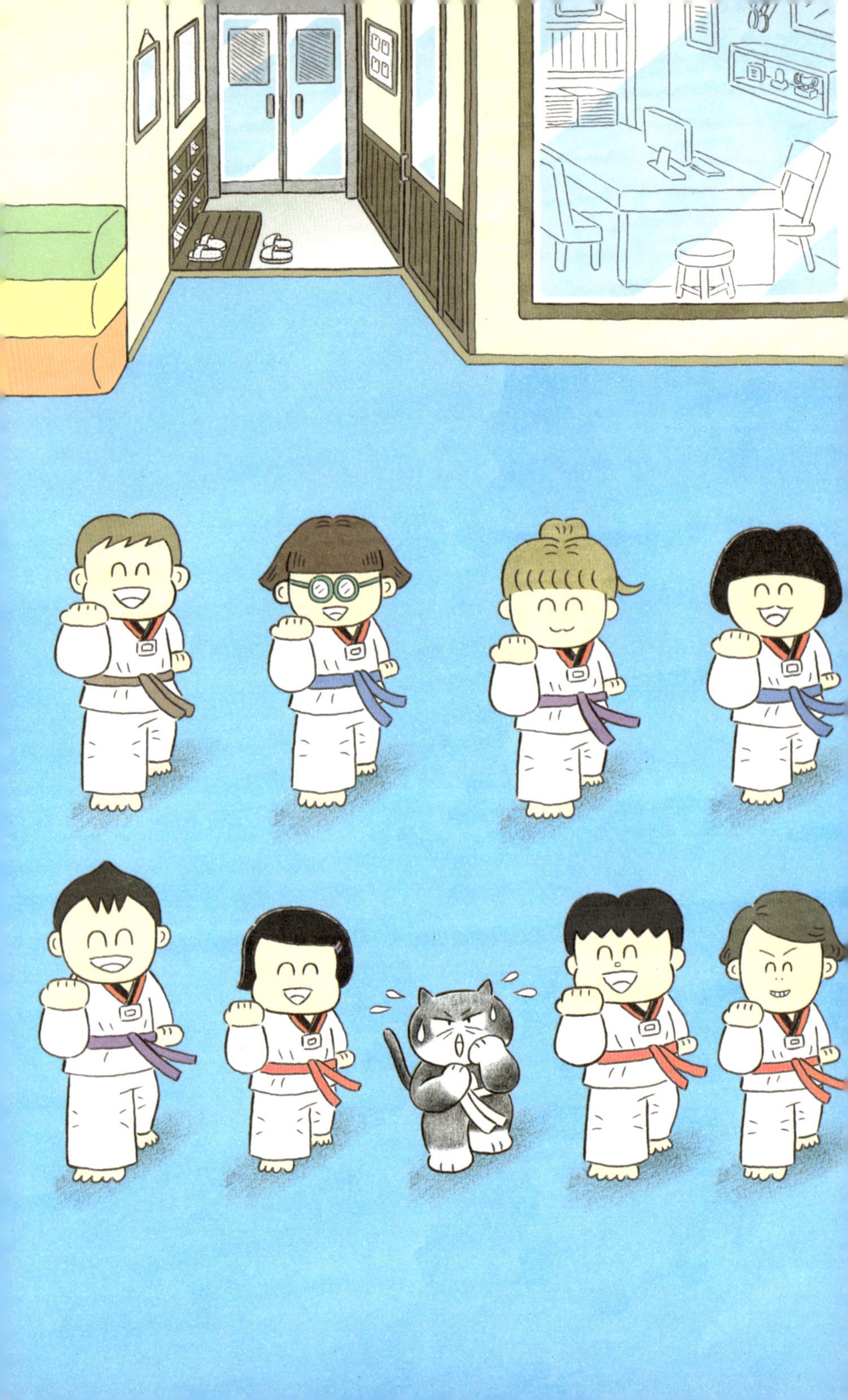

作顺序不对，方向也不对，做得一塌糊涂。黑喵一边想着做错了怎么办，一边努力跟大家一起做着。

课程过半时，黑喵悄悄地走近娜恩，两人窃窃私语道："你带手机了吗？"

"嗯，在包里。怎么了？"

"我给你拍照片和视频。你不是说今天是最后一节课吗？"

刚刚还很沮丧的娜恩，表情突然变得明朗起来，她心想：虽然以后不能来跆拳道馆了，但用照片和视频留住回忆也很好。娜恩从放在训练场后面的背包里拿出了手机。

"看到这个红色的按钮了吗？按这个就可以了。"

"嗯，相信我吧！"黑喵自信满满地说道。黑喵以前和双胞胎一起拍过吃比萨的视频，那时瞥了一眼孩子们的操作，所以很清

楚该怎么做。

  娜恩又打起了精神，就像参加奥运会比赛的选手一样，认真地看着教练，学着招数。黑喵一刻也没有错过娜恩做动作的样子，把过程全都装进了手机里。有的孩子靠近娜恩跟她开玩笑，有的孩子把脸伸进镜头，吐舌头扮鬼脸，还有的孩子把手伸到娜恩头上给她当犄角。

  娜恩强忍着朋友们的玩

笑，只集中精力上课。要是以前，她会发火或者向教练告状，但奇怪的是，她今天连朋友们的玩笑都不讨厌了。快下课的时候，教练看着孩子们说道："有谁要到前面来演示下今天学过的东西？"

　　孩子们相互举手让对方去做。还有孩子在原地蹦蹦跳跳地请求教练让他上去做。教练犹豫了

一会儿,指了指娜恩。娜恩底气十足地大步向前走去。她背对着朋友们深呼了一口气,随即转过身:

"立正,准备!向左,防下段。一、二。"

娜恩跟着口令,刚劲而干练地接连做着动作。

教练最后喊道:"干得漂亮。大家一起为娜恩鼓掌!"

孩子们对着娜恩用力鼓掌。娜恩脸蛋红彤彤的,笑得格外开心。就这样,娜恩愉快地结束了最后一节课,她感到很满足。黑喵当然不会放过娜恩笑的样子,全都拍了下来。

下课后,娜恩向黑喵跑去。

"拍得好吗?"

"当然了,你真的很酷。"

"谢谢,我会永远珍藏你给我拍的东

西的。"

黑喵心里怀着对娜恩的支持,脸上露出了灿烂的笑容。

把孩子们送回家后,回到跆拳道馆的教练又给孩子监护人发了关于课程指南的短信。

黑喵想休息一会儿,就爬上了沙发,不一会儿就睡着了。想想也是,自从来到跆拳道馆后，黑喵一刻都没睡过觉，本来不管是白天还是晚上，只要头碰到地面就会睡觉来着。

到了晚上，教练点了外卖。因为闻起来太香了，怎么也不能装不知道。黑喵睁开眼睛，鼻子一抽一抽的。桌上摆着炸得焦黄的糖醋肉和油亮亮的炸酱面。

"饿了吧？过来一起吃吧！"听了教练的话，黑喵的眼睛一闪一闪发着光。

"等一下。"

黑喵从包里拿出了围嘴、叉子、餐刀，还有鱼模样的碗。

"本来什么都不想吃的，但教练一个人吃的话，看起来量有点儿多，不能浪费食物啊！"

教练笑着往鱼模样的碗里盛了食物。两个人正在吃着美味的晚餐，突然教练的手机响了。教练看到手机上的名字后高兴地接通了电话。

"娜恩,这个时间有什么事吗?嗯?你说什么?"

黑喵歪着头,侧着耳朵听通话内容。

"太好了。是啊,教练当然也很开心啦!那么我们明天见吧!"

挂断电话后,教练兴奋地说道:"娜恩的父母让娜恩继续来跆拳道馆上课了。"

"哇!真的吗?哟吼!"

黑喵猛地从座位上站起来,左右扭动着屁股。

"娜恩的父母看了你拍的照片和视频,看到了娜恩开心的样子。他们说没想到娜恩那么喜欢跆拳道,还说可以让她继续学跆拳道。"

黑喵带着神秘的微笑点了点头,就好像早知道会这样似的。

"但是,你怎么会想出那种好点子的呢?"

当教练问起时,黑喵大声地干咳道:"我只是觉得娜恩练跆拳道的样子真的很帅,所以我才拍的。"

"说实话，我也觉得娜恩要是继续练跆拳道就好了。总之太好了。心情很好，不吃都饱了。"

你知道黑喵说什么吗？

"嗯，我好像吃了才会觉得饱。我可以继续吃吗？"

"哈哈，好吧。听到了这么令人振奋的消息，来，让我们好好享用吧！"

黑喵往嘴里塞了块糖醋肉。虽然金枪鱼罐头也好吃，比萨也好吃，但糖醋肉比那些好吃三十倍。

教练看着黑喵说道："之前你是不是问需不需要助手？如果可以的话，能帮几天忙吗？直到我们找到新的教练为止。"

"好啊，我本来就没干活，你还请我吃了这么好吃的晚饭。"

教练望着黑喵,难得地露出了灿烂的笑容。

在跆拳道馆吃饱了第一顿饭的黑喵在沙发上铺好被子便躺下了。他用眼罩遮住了眼睛,还戴上了耳塞。

"那我先睡了。不知道是不是因为坐了太长时间的车,太累了。"

教练看着黑喵熟睡的样子,悄悄地走出了办公室。

演变成打架的比武

第二天来上班的教练吓了一跳,因为窗户开得很大,灯也明晃晃地开着。桌子和沙发都收拾得干干净净。但是却不见黑喵的踪影,不知怎么回事。

"去哪儿了?不会已经走了吧?"

教练瘫坐在沙发上,正好门后面放着的拉杆箱映入她眼帘。

"呼,到底去哪儿了呢?"

这时不知从哪里传来了奇怪的声音。

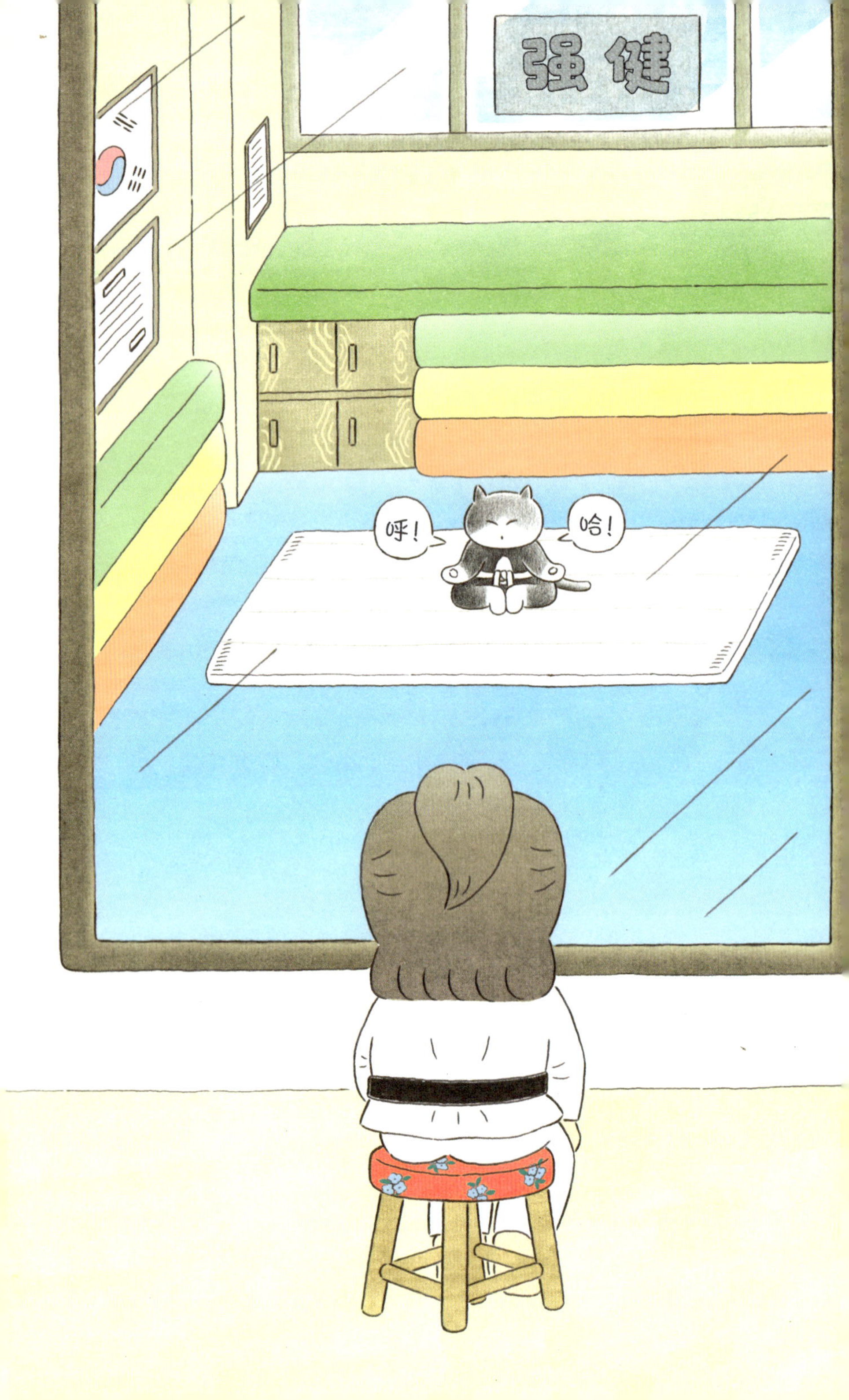
强健
呼！
哈！

"哟，吼！呼噜噜，呀啦啦！"

教练去训练场一看，黑喵正在垫子上做体操。只见他微闭着眼睛深呼吸，抬起一条腿，放下，拱起腰，将身子卷成球状。然后上身向下伸展，形成滑梯形状。

这是人类很难模仿的奇怪而艰难的动作。

"哟，吼。喵，喵。"

黑喵嘴里一直嘀咕着什么，不是咒语也不是口令，反正很奇怪。教练坐在椅子上看着黑喵，渐渐地像被什么东西吸引了一样深陷其中。她身体不由自主地动了一下，不知不觉地跟着做了眨眼的动作。

让黑喵意想不到的是,做完体操后,教练竟然拿出了从家里带来的便当。

"要一整天和孩子们打交道,早餐得吃饱。"

打开便当的瞬间,黑喵本就很大的眼睛睁得更大了。便当盒里放的是金枪鱼三明治。黑喵瞬间吃掉了自己的那份,连前爪上的蛋黄酱都舔干净了。

吃完早餐,教练准备出门了。因为跆拳道馆不能没有人,教练只好把这件事情推迟了几天,但今天一定要去解决掉了。

"我去处理点事儿,再带孩子们过来。在此之前,跆拳道馆就拜托给你了。如果有早来的孩子,可以让他跳绳。知道了吗?"

"好的,不要担心,快去快回!"

黑喵挺起胸膛抬头看向教练,样子看起

来很可靠、很踏实。教练出去后,黑喵便在沙发上打起了盹儿。不一会儿,就听到外面响起咚咚咚的脚步声和孩子们的吵闹声。

"如果我赢了,你的卡片就都是我的了。"

"不是的,不是全部,只是卡片王。"

"真搞笑,刚才明明说了是全部啊!"

"我什么时候说的？"

民载和贤宇爬楼梯的时候吵吵闹闹的。

"你们这些家伙！"

正好从洗手间出来的饺子店爷爷看见孩子们喊道。

"这栋楼只有你们吗？轻声走，轻轻地。"

民载和贤宇吓得赶紧走进了跆拳道馆。爷爷啧啧地咂着舌头，稳稳地走下楼梯。

黑喵向两个孩子走去，想让他们跳绳来着。但是民载和贤宇却在训练场后面戴上了头盔和护甲。

这是今天比武课的时候用的，教练提前拿出来了。黑喵以为两个人要练习比武，所以决定静观其变。

两个人在原地跳了几下，热了热身。民载跺着脚大声地对贤宇说道：

"如果我赢了,你的卡片就都是我的。一定要遵守约定哟!"

"都说不是了,我只给一张卡片王!"

贤宇突然生气了。明明自己说不是,但民载总是让他把卡片都拿出来。为此两个人皱着眉头,互相瞪着眼。

黑喵背着手自然地插话道:"我来当裁判吧?"

民载和贤宇同时点头了。因为要想比赛公正,就需要裁判。

"立正,敬……哦,孩子们!"

真是一眨眼间发生的事情。黑喵还没喊出"敬礼",贤宇就用脚踢了民载。

突然飞来的脚让民载无力地向后倒下。生气的民载猛地站起来挥起了拳头。

"这……!"

比武瞬间变成了打架。两人扭在一起,

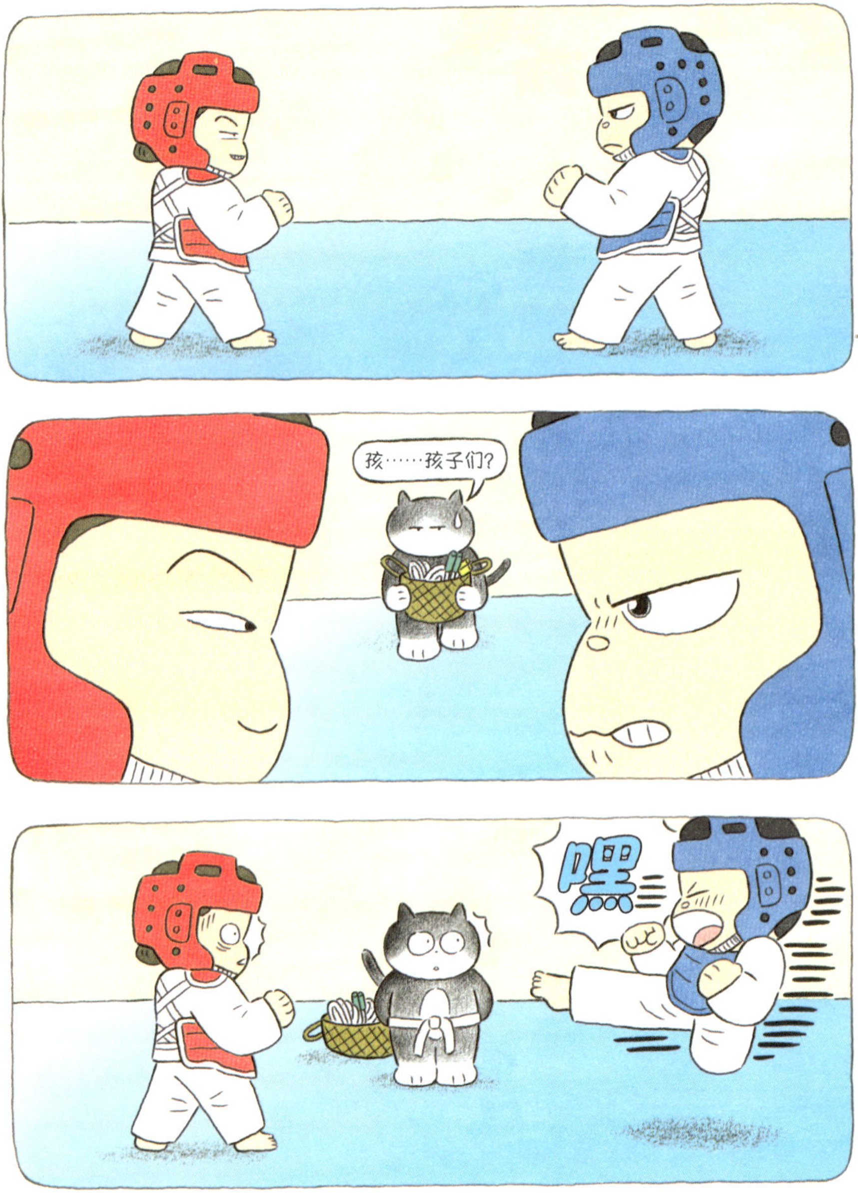
孩……孩子们？
嘿

在地上打滚,胡乱挥舞着拳头。

"孩子们,停下来。哎哟,快停下来!"

黑喵好说歹说把两个家伙拉开。这两个人都猛然站起来,气喘吁吁地互相瞪着对方。但这安静也只是暂时的,民载发火后,又开始对贤宇拳打脚踢了。黑喵再也没有力气劝阻他们了。即便如此,裁判也不能一直袖手旁观啊。黑喵抱着胳膊想了一会儿,果断地说道:"两个人现在都停下来!"

于是,两个人喘着气摘掉了头盔。两人头发都被汗水浸湿,脸像地瓜一样红。

"你们现在是在比武吗?"

黑喵冷冷地将话吐了出来,让人不寒而栗。

"那小子先用脚踢我,我才这样的。"

因为民载使坏,贤宇不想输才进行了反抗。

"你不是从刚才开始就想抢走我的卡片嘛!"

看着两个气得直喘粗气的人,黑喵说道:"两个人都脱掉。"

孩子们惊讶地看着黑喵。

"我让你们脱掉跆拳道服上的护甲。那是只有比武的时候才能穿的。如果继续这样打架的话,是不需要护甲的,光着身子打架就行了。"

等一下!

黑喵认真地批评着,两人立马闭嘴了。

孩子们在稍稍平息情绪的间隙想起了教练在课堂上说过的话。

"如果产生憎恨对方的想法,比武随

时都可能演变成打架。要时刻铭记比武和打架的界限。"

这是教练给经常吵吵闹闹的民载和贤宇讲过好几次的话。于是,两个人脱下护甲,互相看着对方的眼睛。民载先向贤宇伸出了手。

"对不起,让你生气了。"

贤宇把自己的手叠在民载的手上。

"我先用脚踢你,我也很抱歉。"

两个人互相拥抱,拍打着后背,因为比武课结束时大家总是那样做。黑喵猛然清了清嗓子。虽然裁判的身份已经没了,但是还有事情要做。

"你们两个,到这边来站一下。"

民载和贤宇畏畏缩缩地望着黑喵。

"我本来不轻易教别人的。"黑喵的话让孩子们的眼睛闪闪发光。

"既然你们俩已经和解了,那我就来教教你们。这是我在比武时使用的自己的招数。"

孩子们就像没吵过架似的,乐呵呵地看着。

黑喵紧了紧绑在肚子上的白色腰带,看着孩子们接着说:"比武的时候首先要稳住身体的重心。像我一样,试试看。"

黑喵把前爪合拢,尾巴向上竖了起来。嘴里不由自主地发出了"哼"的声音。民载和贤宇没有尾巴,所以都把背挺直了。

"很好,进攻招数有很多种,我主要使用的招数是'猫拳'和'后脚砰砰'。"

民载和贤宇相视一笑,居然是猫拳和后脚砰砰!又不是什么游乐设施的名字,怎么这么可爱。光听名字的话,感觉不是什么了不起的招数啊。但是黑喵非常认真。

拳击中用拳头猛击对方的招数叫作重拳。黑喵本来就很会用前脚,所以特地把猫的拳击称为"猫拳"。

"猫拳最重要的是快速地出拳,不要让对方察觉到。好好看我的动作。"

黑喵慢慢地抬起一只前脚,稍微弯了一下脚踝,然后嗖嗖地挥拳。

"猫拳的核心是轻快地出拳。不能因为轻就小看它。如果被击中,会痛到晕眩。"

黑喵瞪着眼睛坚定地说道。民载和贤宇握紧拳头,做了向前快速出拳的练习。

"做得好,这次的招数是后脚砰砰。先用前脚抓住对方,让对方动弹不得,然后用后脚无情地踢出去。你们先等一下。"

黑喵扫视了一下练习场,拿来了储物柜上的兔子玩偶。孩子们经常把东西放在跆拳道馆里,兔子玩偶就是其中之一。黑喵斜躺

猫拳

呼
呼

① 轻!

② 快!

后脚砰砰

① 用前脚抓住对方。

② 后脚无情地踢出去。

等一下! 需要一个玩偶!

在地上，用前爪紧紧抓住玩偶。

然后毫不留情地踢了一脚。就像这个招数的名字一样，出招时会发出砰砰的声音。

民载和贤宇也想跟着做后脚砰砰来着。但是怎么想都有点儿奇怪：跆拳道没有躺着做的动作啊。两人诧异地挠了挠头。正在这时，出去办事的教练和其他孩子一起来到了训练场。

"吓我一跳，你在干什么？"

黑喵这时才环顾四周。大家都低头看着黑喵，强忍着笑。黑喵露出难为情的表情，拍拍屁股站了起来。因为无法承受猫的踢打，玩偶的线裂开了，棉花向外翻出。一个孩子皱着眉头拿起了玩偶。

"这是我的玩偶。"

黑喵对孩子说道："对不起，我没想到会这样……啊，稍等一下。"

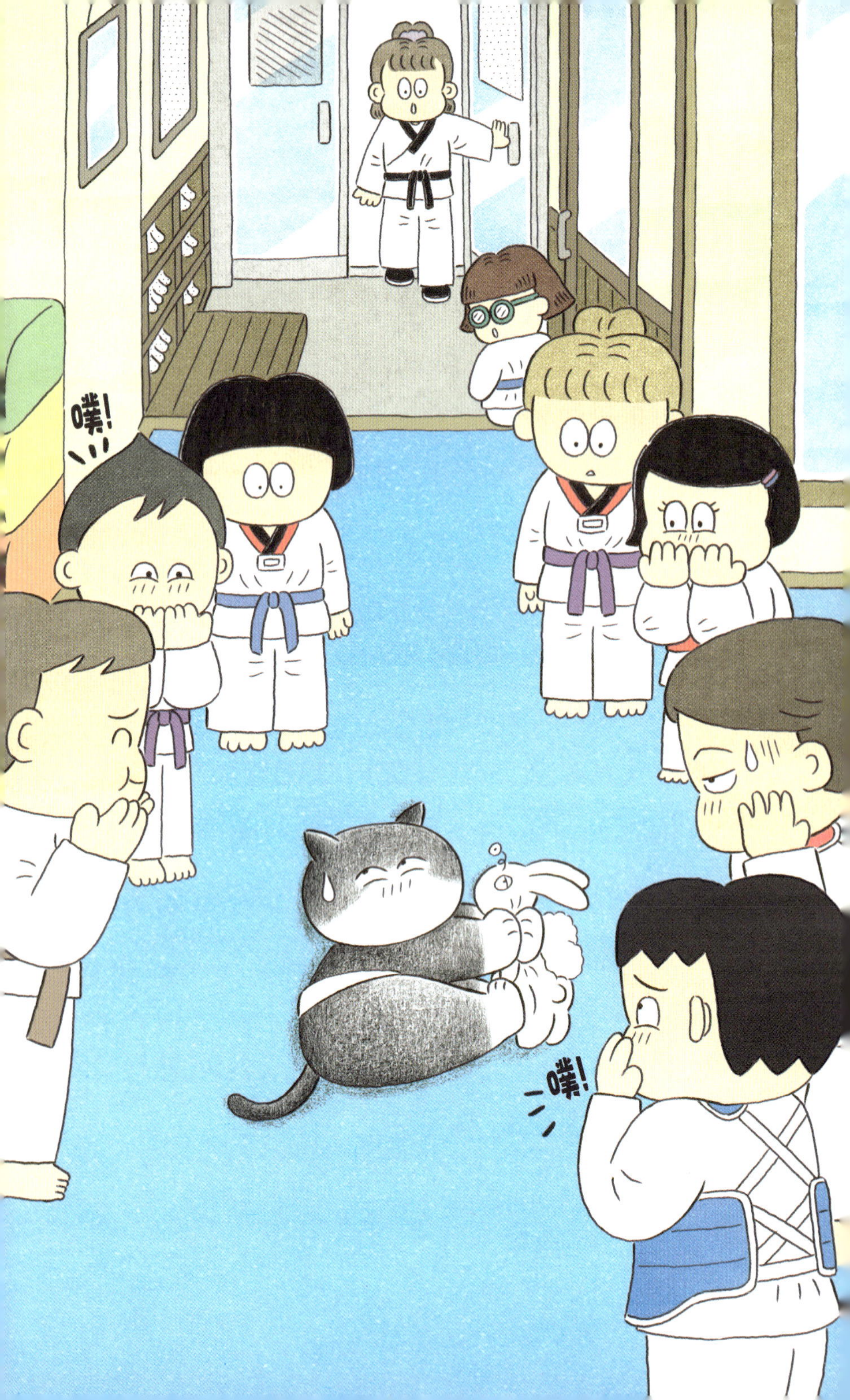
噗!
噗!

黑喵从拉杆箱里拿出了什么东西。

"这是我以前收到的礼物,应该很适合你。能一起接受它和我的道歉吗?"

黑喵拿出的是带有胡萝卜装饰的发带。孩子戴上发带,站在贴在墙上的镜子前,各个角度照了照。幸好是很满意发带的眼神。

"谢谢,玩偶只要让爸爸帮我修一下就行了。我爸爸针线活做得非常好。"

"真的吗?呼,真是万幸啊!"

黑喵这才放心。

上课时间,民载和贤宇恰当地使用了黑喵教的比武招数。挺直腰板,稳住身体重心,踢腿时腿迅速伸直,以免对方察觉。

看着两个人比武,教练自言自语道:"这帮家伙,还以为天天只会开玩笑呢,真不错啊。但是动作说不出哪里有点儿奇怪。"

黑喵在旁边听到这句话,露出了欣慰的表情。

黄金饺子大闹剧

一整天都吵吵闹闹的跆拳道馆终于变得鸦雀无声。教练正坐在电脑前制订下个月的培训计划。听着键盘声打瞌睡的黑喵不知什么时候开始打呼噜了。

正当教练沉迷于工作、黑喵睡意正浓的时候,跆拳道馆外突然有人喊道。

"小偷,小偷!"

教练猛然起身,向窗外看去。饺子店的老爷爷正指着一个人大喊大叫。

小偷！

教练一溜烟儿往外跑去。黑喵也立马跟了出去。爷爷扶着额头坐在地上。

"老人家！您还好吗？"

教练首先看了看爷爷有没有受伤。在便利店买饼干出来的民载和贤宇看到那个场景后吓了一跳，也赶紧走过来。

"啊！爷爷，您怎么了？"

老爷爷受到惊吓，内心平静不下来，粗粗地喘着气。

"那个人偷了我的黄……黄金……哎呀，我的腰啊。"

爷爷拼命想站起来，结果扶着腰又蹲下了。教练望着爷爷指着的方向。那人穿着牛仔裤，戴着黑色帽子，边往后瞟边逃跑。

教练对孩子们说道："你们可以陪爷爷回店里吗？"

"好的，我们能做到。"

民载和贤宇勇敢地回答道。教练打电话报警。

"这里是胖嘟嘟饺子店前面。对的。是强健跆拳道那栋楼。饺子店进小偷了。是的，说黄金被偷了。请快点儿来吧！"

教练一挂断电话就开始追小偷了。黑喵

当然也跟着去了。小偷看到他们后，把帽子压得更低了，并加快了速度。

"站住！你再跑试试！"

教练快速追赶小偷。平时认真运动的教练，跑步速度也格外快。

黑喵悄无声息地紧跟在教练后面。

不远处，小偷无视人行横道信号灯，闯了红灯。

"嗯？那样可不行啊！"

教练和黑喵跺着脚等待信号灯变颜色。这期间，教练的眼睛一直紧跟着小偷。小偷突然跑进了小巷。

这时信号灯变成了绿灯。教练咬紧牙关追到了小偷消失的小巷。但是小偷已经不见了。

教练问黑喵："现在怎么办呢？就这样错过吗？"

但是黑喵却没有任何反应。

"咦，这家伙去哪儿了？"

教练环顾四周，怎么也不见黑喵的身影。黑喵刚过人行横道，就和教练分开了。因为看到小偷进了小巷，黑喵觉得他得想想别的办法。

环顾四周，正好看到附近的高楼。黑喵一口气爬到楼顶往下看。弯弯曲曲的小巷穿行其中的社区这下可以说是尽收眼底。黑喵轻轻地闭上眼睛，将精力集中在风吹来的气味、声音上。

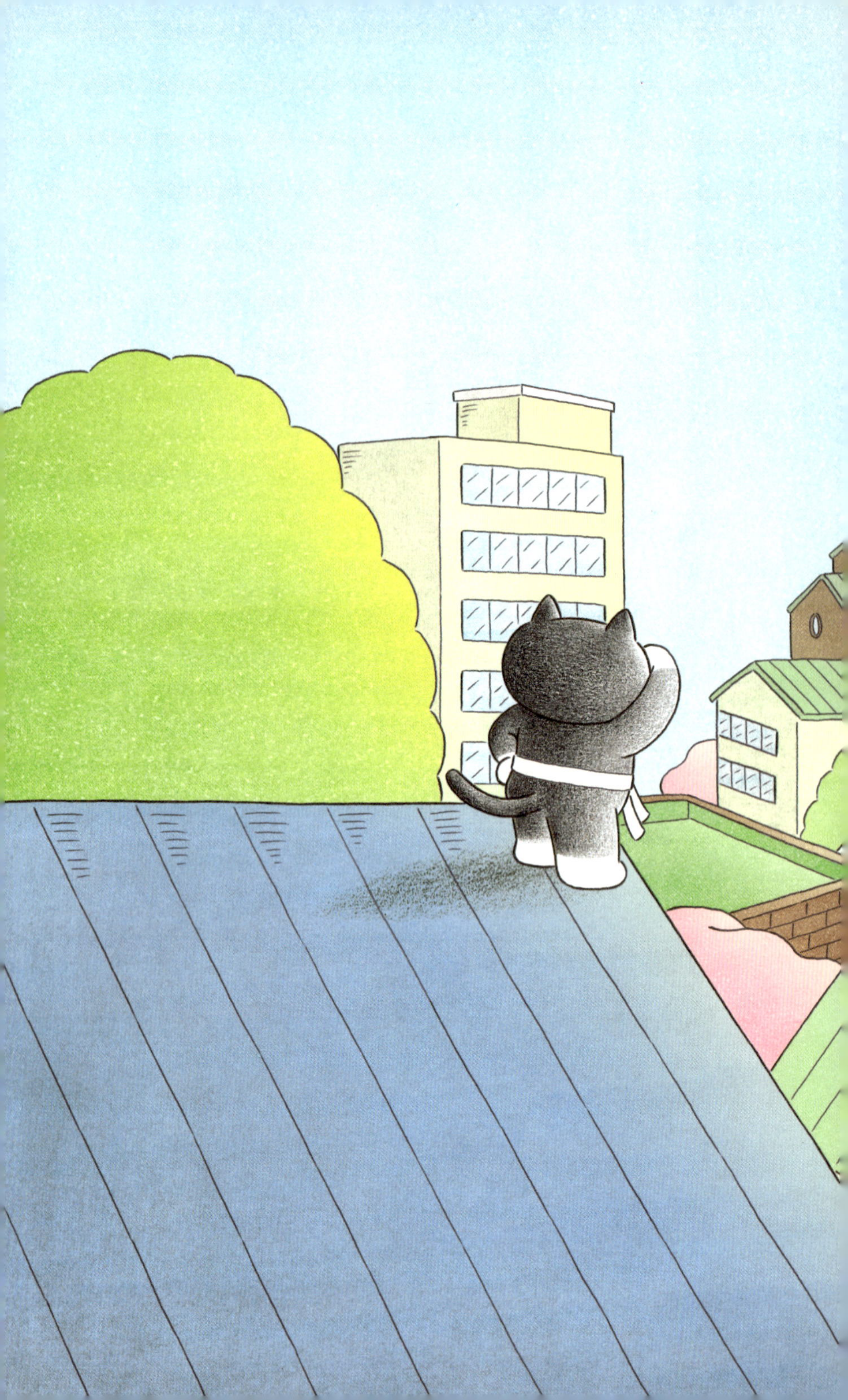

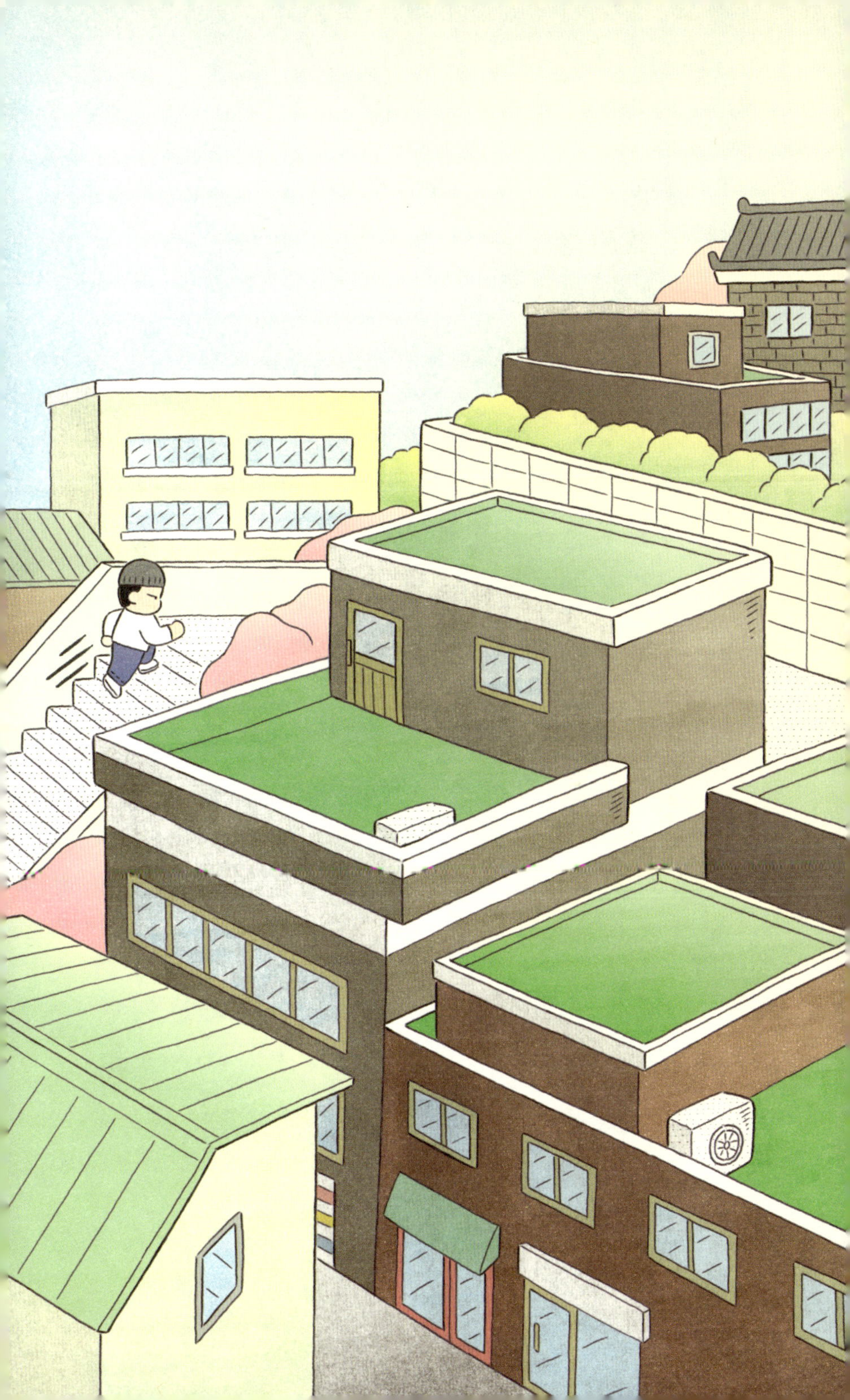

过了一会儿，黑喵便感受到了像被困在迷宫里的老鼠一样在小巷里来回转悠的小偷的气息。

"那就去看看吧。"

黑喵从容地微笑着，吸了一大口气。后腿用力一跳，肌肉像弹簧一样一下子拉长了。多亏这样，黑喵才能轻松地跃过对面的屋顶。黑喵远远地跳过了自己体长几倍的一段距离，追上了小偷。

让小偷在眼皮底下跑掉的教练咬牙切齿地在巷子里徘徊着。

"就等着被抓吧。我要用一脚石斧踢来结束！"

这时，不知从哪里传来了狗叫声。这是狗狗警惕陌生人时发出的声音。教练感到奇怪，于是朝声音传来的方向走去，终于在死胡同里遇到了小偷。

"喂，既然来了饺子店，就该吃饺子，为什么要偷别人的东西？"教练气喘吁吁地说道。

但小偷只是嘿的一声，嘲笑着教练。小偷提了提裤子，摆出攻击的姿势。

"好！那就试一试吧！"

教练瞪着小偷握紧了拳头，然后从腹部开始使劲儿运气。

"呀！"

听到那个声音，社区里的狗开始一起叫起来。小巷一闹腾，小偷就不知所措了。教练用石斧踢踢飞了小偷的帽子。小偷吓得紧闭双眼。

就在这时，从空中飞来什么东西，一下子扑向小偷的脸。像蝙蝠一样飞过来，又像章鱼一样紧紧缠住小偷的东西就是黑喵！

"啊！走开！"

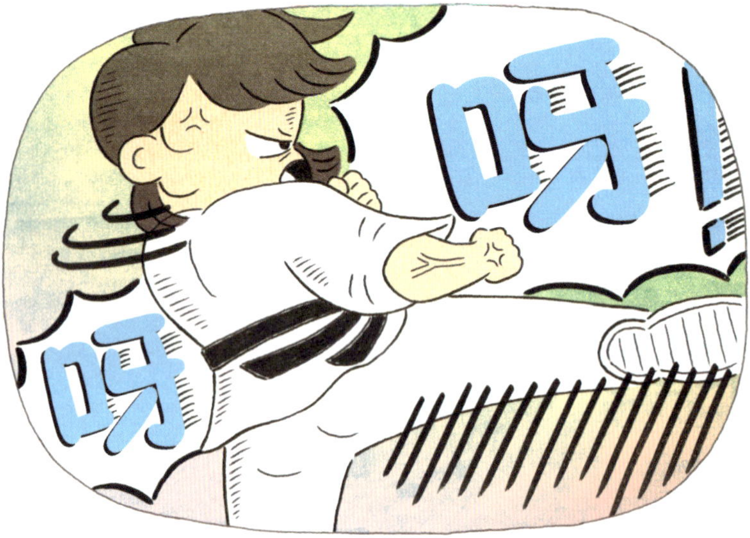
呀!
呀

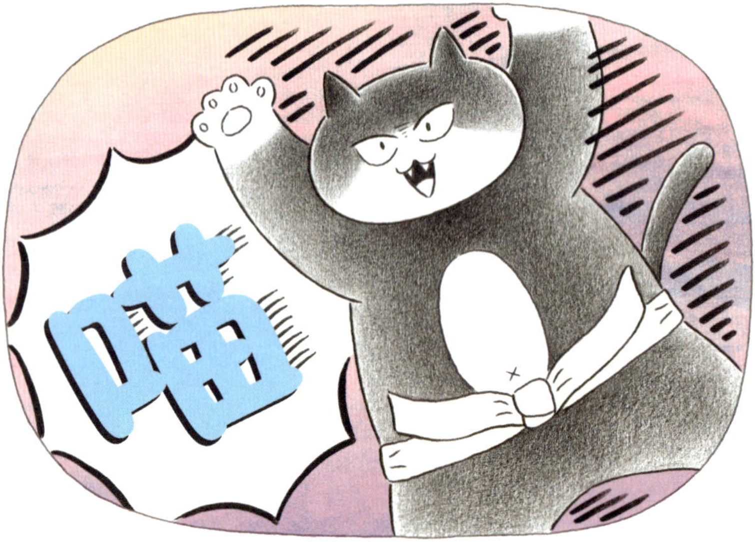
喵

小偷挣扎着要把猫从脸上弄下来。趁这个空隙，教练从后面抓住了小偷的双臂。黑喵对着小偷的脸无情地打着猫拳。有生以来第一次受到重拳攻击的小偷再也支撑不住，瘫坐在了地上。

正在这时，接到教练报案后赶来的警察到了。

"真的辛苦了。感谢您冒着危险给予的帮助。"

在教练要回答的瞬间，黑喵抢先答道："也没什么了不起。"

回去的路上，教练问黑喵："你是从哪儿过来的？刚才突然看不见你了，还担心来着。"

"我在寻找捷径。任何一个社区都有只有我知道的路。"

教练点了点头，意思似乎是黑喵很厉

害。两个人悠闲地在社区里逛着,向跆拳道馆走去。

饺子店里,爷爷平复了情绪,正在休息。刚才警察过来把被偷的东西还给了爷爷。民载和贤宇在爷爷旁边津津有味地吃着饺子和馒头。

"爷爷家的饺子真的很好吃。"

"没错,馒头也是最棒的。"

"好,那大家多吃点吧!"

教练和黑喵一进到店里,爷爷就猛地从椅子上站了起来。爷爷好像想起了刚才发生的事情,舒了一口气。

"哎呀,真的非常感谢。没有受伤吧?"

"嗯,没事。找到金块了吗?"

"金块?"

"是的,刚才不是说黄金被偷了吗?"

爷爷仰着头笑了好一阵子,指了指架

子。架子上放着奖牌和透明的玻璃箱子。箱子里有黄金饺子。

"哦！不是一般的黄金，而是黄金饺子！是那个被偷了吗？"

"是，但不是真的黄金，只是表面镀了一层薄薄的黄金。我做的饺子被全国饺子协会选为今年最好吃的饺子时收到的。对我来说是比黄金更珍贵的东西。所以才会那么紧张。"

爷爷挠了挠头。

"看我这记性。既然来了，吃点饺子再走吧！"

趁爷爷去拿饺子的时候，教练仔细地逛了逛饺子店。这里到处都挂着爷爷年轻时包饺子的照片，第一次开店当天拍的纪念照，以及和顾客一起拍的照片，等等，那些照片上面的黄金饺子都发着金光。

不一会儿，爷爷就把热腾腾的饺子盛到大盘子里端上来了。教练夹起饺子，嘴里呼呼地吹着气吃了起来。黑喵则用嘴一点一点地咬着饺子吃。用欣慰的表情看着他们的爷爷开口说道：

"孩子们扶着我，把我带回了店里。还帮我揉手，倒水给我喝。本以为只是淘气鬼，没想到孩子们真不错啊。哈哈！"

教练摸了摸民载和贤宇的头，孩子们害羞了，嘻嘻地笑着，眼睛眯成了新月形。

"你的名字叫黑喵？你刚来跆拳道馆的时候，我说让你不要弄得毛到处飞，还让你走开，真的对不起了！"

黑喵猛地吞下嘴里的饺子说：

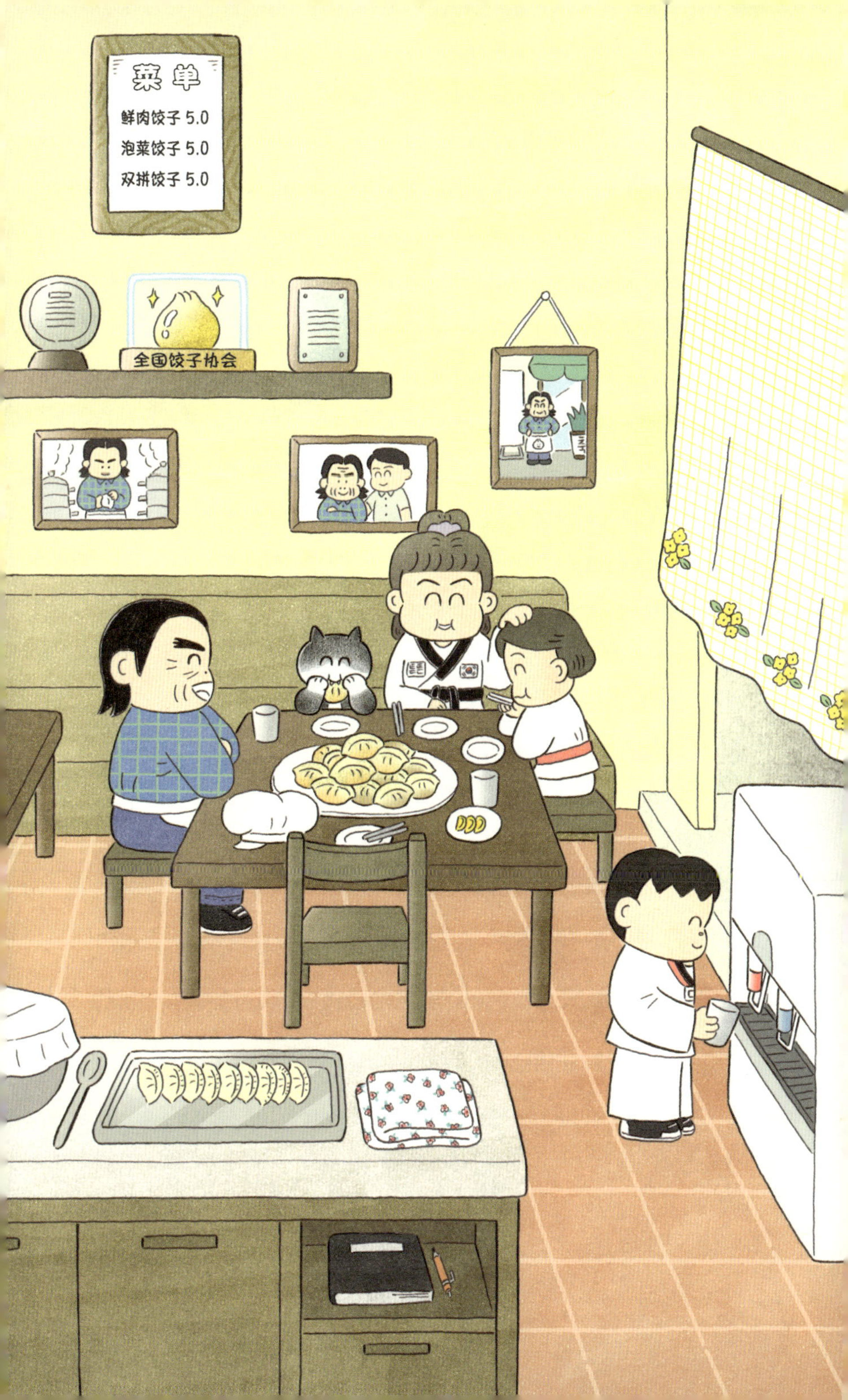
菜单
鲜肉饺子 5.0
泡菜饺子 5.0
双拼饺子 5.0
全国饺子协会

"爷爷不是告诉我跆拳道馆在这栋楼的三楼嘛。还给了我这么好吃的饺子。"

教练、黑喵和孩子们又吃了三盘饺子才离开。

分开之前,教练告诉孩子们:"孩子们,教练今天心情特别好。"

"怎么了?是因为抓住了小偷吗?"

民载目不转睛地凝视着教练。

"不,是因为你们帮助了爷爷。我们上课的时候一起背的是什么?"

"学习跆拳道的目的。"贤宇自信地回答道。

"是的。其中不就包括帮助弱小的人,为了成为优秀的人而学习跆拳道的内容嘛。今天你们真的太棒了。我的徒弟们,我为你们感到非常自豪。"

"我们也为教练您感到非常骄傲。"

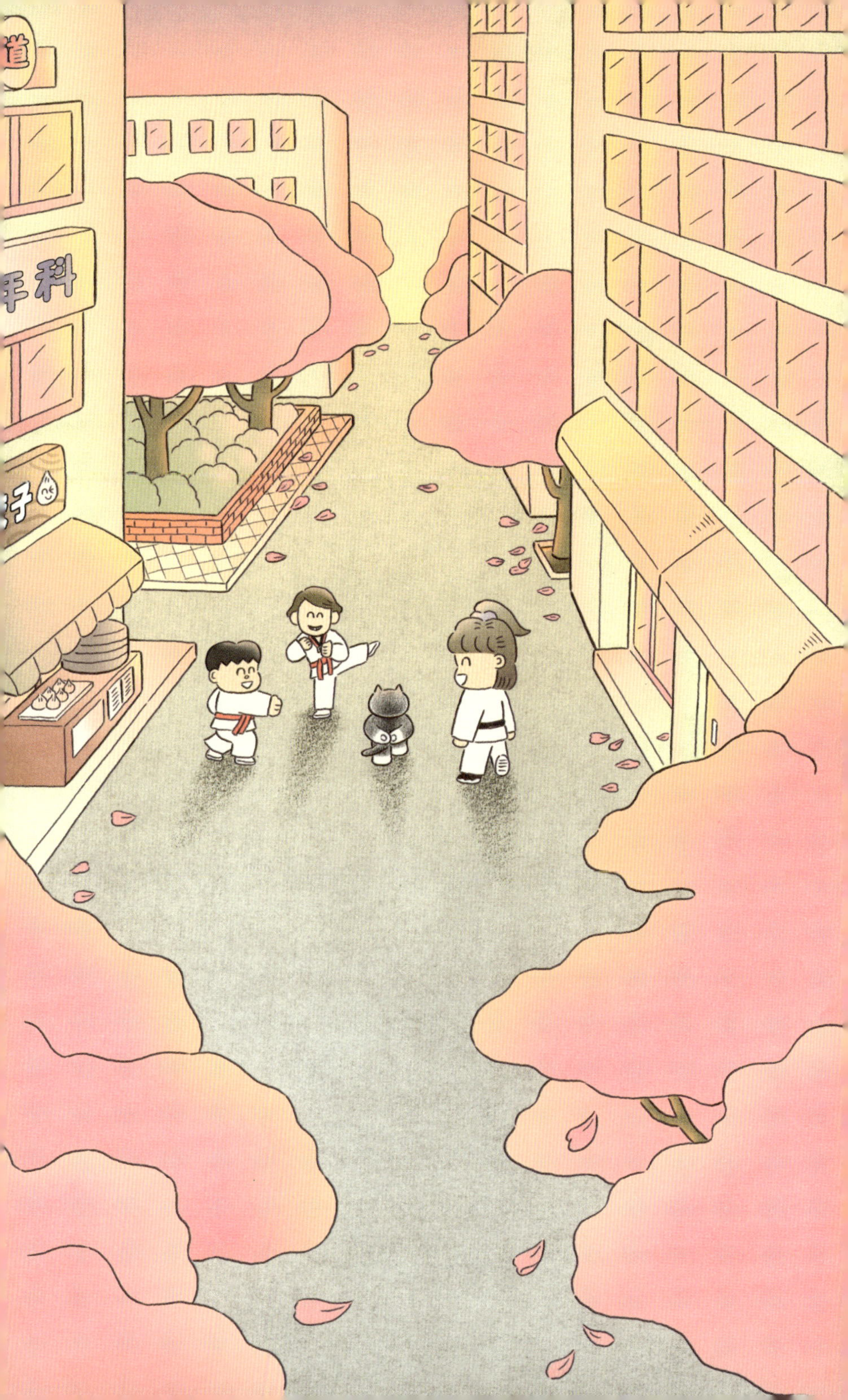
道
科
子

民载把手举过头顶比画了个爱心，贤宇对着黑喵竖起大拇指说道："黑喵今天真的很帅！"

黑喵耸了耸肩膀，觉得这不算什么。

我是猫咪教练黑喵

今天是周六,可是跆拳道馆的灯却亮着。因为教练正在做之前积压的工作:送给下个月过生日的孩子们的礼物要包装,还要给这个月第一次来的孩子写信。

黑喵在旁边给教练帮忙。按照礼物的大小剪包装纸,再绑个漂亮的蝴蝶结,还在信封外面涂了胶水。

这时突然听到孩子们从外面进来上楼梯的声音。

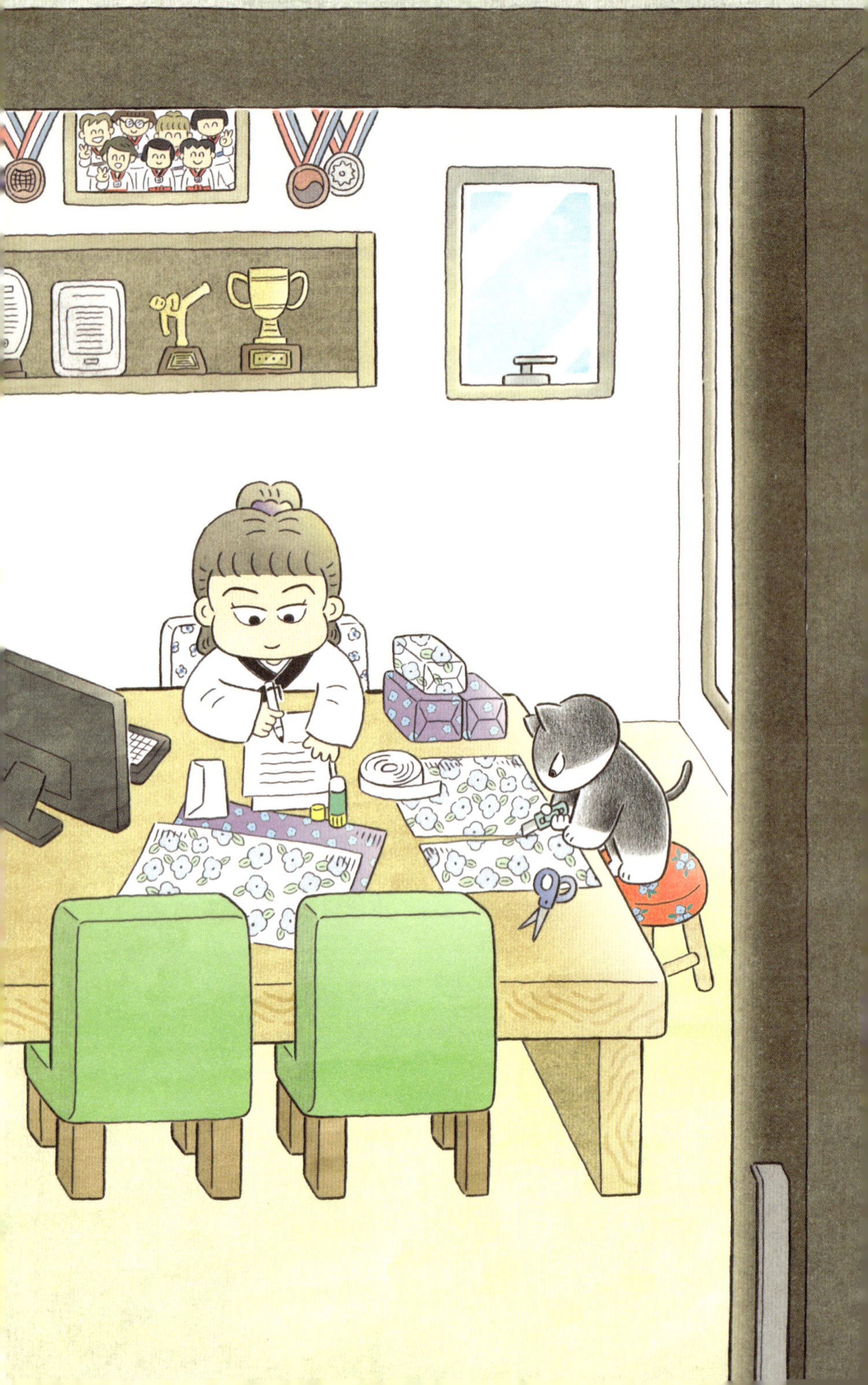

娜恩、民载和贤宇各自手里拿着什么东西进了跆拳道馆。

"你们今天没课,怎么也来了?"教练以为有什么事,担忧地问道。

"我们有东西要给黑喵。"

娜恩从纸袋里拿出了一个小相框。

"黑喵,请收下这个吧!这是我在美术课上画的。"

相框里的黑喵穿着跆拳道服,一副神采奕奕的模样。

一看到画,黑喵就说道:"我就知道会这样。跆拳道服很适合我。谢谢,这幅画我会一直珍藏的。"

民载和贤宇也把带来的东西递了过来。是两个人一起准备的礼物吗?黑喵好奇地拆开了包装纸。

里面装的是卡片。前不久两个人不是赌卡片比武,比着比着打起来了吗?把那么贵重的东西送给黑喵,不会在打什么主意吧?

"真的要把这个给我吗?"

民载点了点头。贤宇从箱子里拿起一张最大的卡片。

"这是我拿到的,独一无二的超级无敌大王卡片。帅吧?"

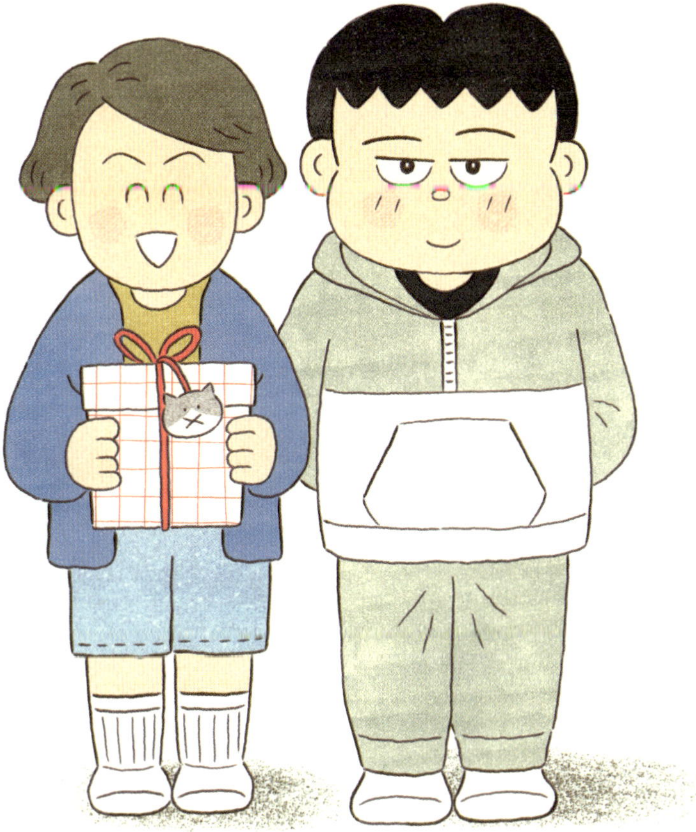

黑喵抓住贤宇手中的大王卡片，迅速藏在背后。

"以后不能赌这个进行比武了。就那一次，知道吗？"

民载和贤宇想起上次的事情，互相看着对方，都笑嘻嘻的。

"那这次轮到我了吗？"

教练好像等了很久，她从储物柜里拿出了一个大盒子。

"好，这是我准备的礼物，如果你喜欢就太好了。"

打开盒子盖儿的黑喵像冰块一样凝固在那里。

"什么呀？快拿出来看看。"

孩子们很好奇，眨着眼催促着黑喵。黑喵嘴角含着笑意拿出了礼物。教练准备的礼物是跆拳道服。上面还有强健跆拳道的

标志。

"订购了最小的尺码,也不知道合不合适。"

"那现在试穿一下就行了。黑喵,我们来帮你。"

孩子们帮黑喵穿上跆拳道服。教练把有"黑喵"名字的新腰带系在道服上。

幸福！

"感谢你这段时间在跆拳道馆帮忙做事。但是可以拜托再帮忙几天吗？听说新教练有事，得下个月才可以上班。"

"没问题。不能白收这么帅气的跆拳道服啊！"

黑喵将放在门边的拉杆箱拿了过来。

教练问了这段时间一直都很好奇的问题："这箱子里到底装了什么？"

"本来不随便给别人看的，但想要把画和卡片都放进去就没办法了。"

黑喵拉开拉链，把箱子打开。于是里面装满的东西都冒了出来。

"哇呜！"

孩子们惊得大叫起来。黑喵好像在等这个时刻似的，开始炫耀礼物。

"这是智友爷爷给的牛仔帽子,为了夏天用,非常小心地收藏着。这是从生鱼片店大叔那里收到的优惠券,让我想吃新鲜生鱼片的时候,随时拿这个过去就行了。还有这个……"

这到底有多少礼物啊,感觉熬夜说都说不完。当黑喵正在炫耀礼物的时候,一个孩子来到了跆拳道馆。

孩子站在训练场门口探着头,轻声说道:"我是看了广告过来的。我可以参观一下吗?"

这时黑喵向孩子走了过去,他用稳重而又自信的语气这样说道:"快请进,我是猫咪教练黑喵。"

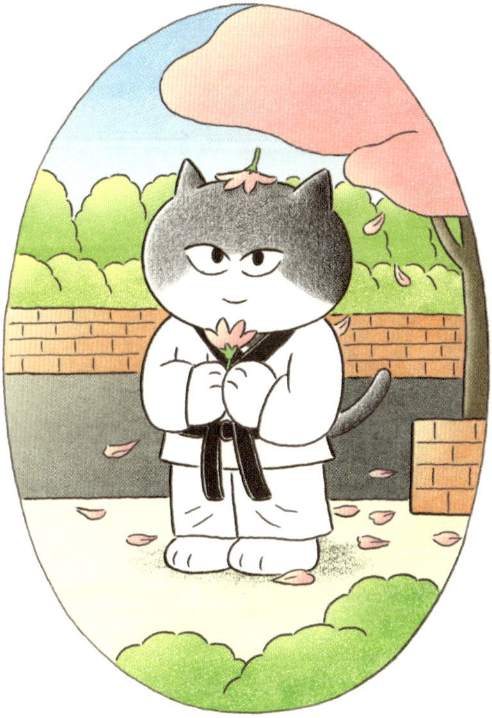

黑喵的话

黑喵黑喵

你好！过得好吗？我为了学跆拳道有点儿忙。

问我难吗？也还行。热身和我打拳的时候差不多，踢腿和我的后脚砰砰差不多。再难一点儿会怎么样？愉快认真地学习就行了啊！像娜恩一样。

我被娜恩练跆拳道的样子迷住了。后来才知道学习也好，运动也好，娜恩是不管做什么都会尽力的小朋友。尽力的意思是"尽自己的力量做事情"，是我非常喜欢的话。

我希望你们不管什么事都能尽力去做。尽力地玩，尽力地学习。玩也得尽力地玩吗？当然了！那样学习的时候才不会产生想玩的想法。什么？不管怎么玩都还是想玩？唉，那就没办法了。

那我就走啦！这次去哪里呢？其实我也不知道。我本来就不会事先定好去哪里。因为走的时候不知道会发生什么事情。可以见新朋友，也可以去体验一次从来没有想象过的冒险。嗯，想想就激动呢！

如果在路上看到我，可以这么说吗？

"黑喵啊，我们一起玩吧！"

猫拳和后脚砰砰的高手

黑喵

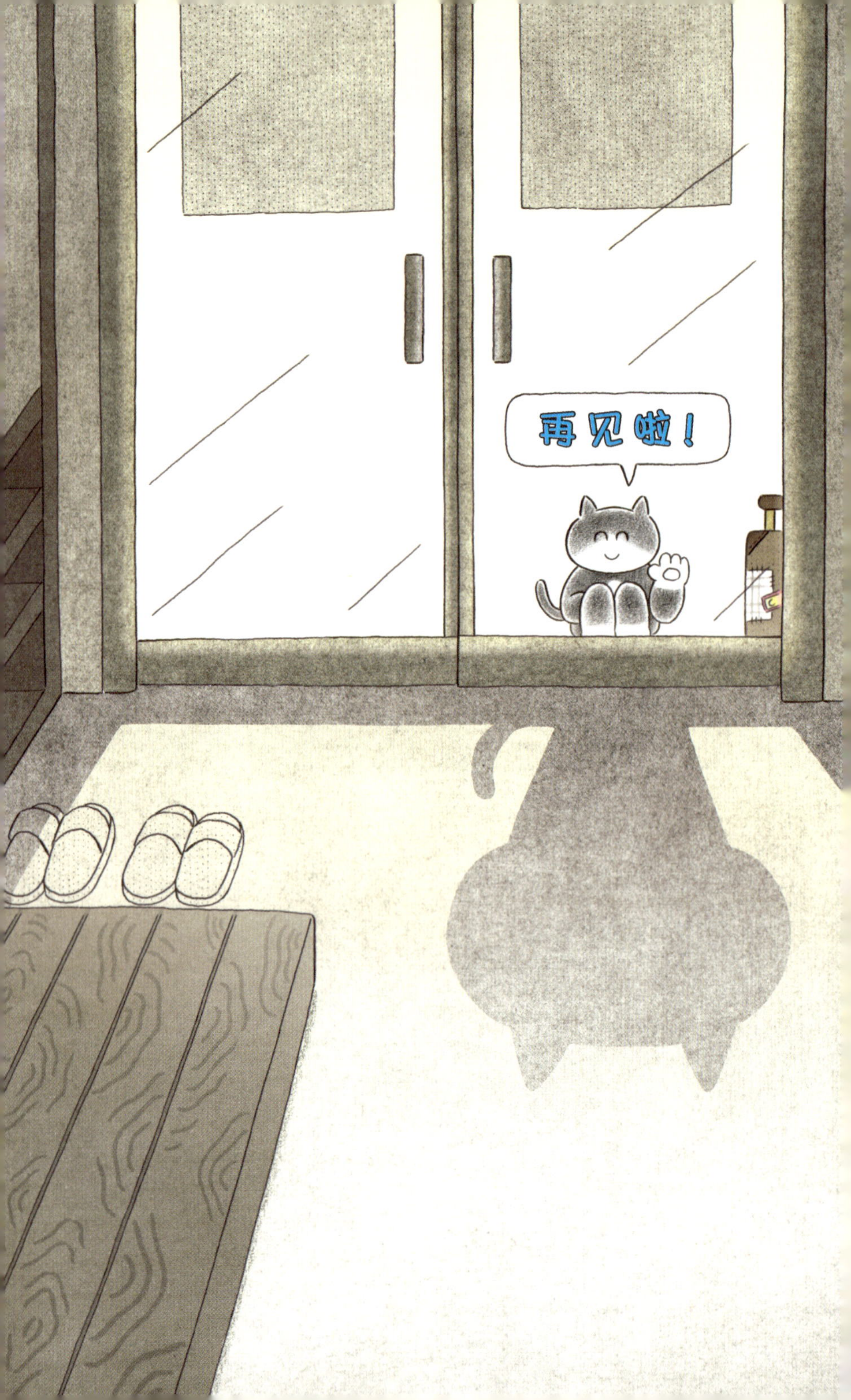
再见啦！